MON CARTABLE, QUELLE HISTOIRE !

26 souvenirs d'enfance

Conception : Abdel Aïssou et Marc Lavoine

Réalisation éditoriale : Gaëlle Mauduit Éditions

Maquette et mise en pages : Nordcompo

Dessin de couverture : © Philippe Geluck, 2021

Dessin page 64 : © Bernard Chenez, 2021

ISBN : 979-1-03581-943-9

Abdel Aïssou et Marc Lavoine

PRÉSENTENT

MON CARTABLE, QUELLE HISTOIRE !

26 souvenirs d'enfance

SOMMAIRE

Introduction

Nous avons tous eu une école, un cartable. L'une et l'autre ont abrité une partie de nos souvenirs d'enfant, une partie de notre enfance. Tous ou presque. Quelquefois, la vie bascule en mode malheur : la maladie va mettre en pause le quotidien des enfants hospitalisés. Les enfants, les adolescents, qui souvent regardaient distraitement l'école, vont réaliser à quel point elle était au cœur de leur vie sociale. À quel point elle leur manque désormais. C'est pour ces enfants qu'avec Raymond Domenech et de nombreux amis, nous avons créé, il y a six ans, ***Mon cartable connecté***, un programme original qui relie l'enfant hospitalisé à sa classe, son école.

Ce petit livre drôle et nostalgique prolonge notre combat car il contient quelque chose d'immense : l'humanité au service de l'enfance. Un mouvement humain magnifié par le talent des auteur-e-s qui nous ont donné un texte en soutien à notre combat pour les enfants hospitalisés.

Ce programme existe grâce à une extraordinaire fédération de talents et de volontés. Des femmes et des hommes, enseignants, soignants, artistes, sportifs, créent une chaîne d'espoir et de volonté pour refuser toute fatalité et donner sa chance à la vie. Pour que ces enfants puissent aller au bout de leurs rêves et de leurs promesses en restant reliés à leur classe. À leur vie.

De fait, cet ouvrage s'inscrit dans un esprit de résistance à la fatalité qui concilie le sens fondamental de l'école et l'aspiration des enfants à rire, jouer, apprendre. Ces chères têtes brunes et blondes nous apprennent à agir sérieusement sans se prendre au sérieux. À mesurer lucidement les risques mais sans les accaparer avec ceux-ci. Ces enfants ont conscience des difficultés qu'ils traversent mais ils ne s'en font pas un monde. Ou, plus exactement, ils ne veulent pas être enfermés dans un autre monde. Formidable leçon de simplicité et de résilience.

Merci à la FCPE et à l'Association Les Éditeurs d'Éducation d'avoir cru dans ce livre et les valeurs qui le constituent. Être publiés chez BELIN, l'éditeur du livre *Le Tour de la France par deux enfants,* c'est, dans la continuité d'une enfance avide de savoirs, s'inscrire dans une lignée républicaine ayant pour socle l'école gratuite pour tous.

En vers ou en prose, ces textes courts restituent des souvenirs d'école ou de cartables qui sont autant de déclarations d'amour à leur école, à leurs maîtresses et maîtres. Grand merci aux écrivains et personnalités qui ont bien voulu partager avec nous une partie de leur histoire. Une mémoire préservée par la force du souvenir. La grâce d'une enfance conservée. Leurs mots d'amour et de fidélité, nous les dédions tout d'abord à Thyefaine, Océane, Nolann, Louane, Salomé, Thomas, Lou, et leurs familles. Ces êtres exceptionnels ont été impliqués au tout début de l'aventure. Grâce à elles et eux, nous avons pu améliorer les fonctions des premiers cartables connectés. Leurs sourires ont illuminé les premiers tests. Nous les dédions aussi aux soignants, éducateurs et bénévoles. Ces femmes et ces hommes qui, avec générosité et talent, nous accompagnent dans la réussite d'un rêve devenu réalité. Un petit cartable connecté.

Abdel AÏSSOU et **Marc LAVOINE**

Philippe BESSON

Écrivain

Je n'ai pas eu de cartable dans l'enfance, les autres élèves oui, je les voyais débarquer dans le petit matin, traverser la cour avec leur sac en bandoulière qui paraissait peser des tonnes, qui semblait trop grand pour eux, et le balancer sur leur chaise comme on se débarrasse d'un fardeau. Je les enviais un peu, je n'enviais pas leur effort, non, pas leur corvée, mais je les imaginais y plaçant leur cahier de texte, un cahier de brouillon, les livres dont ils auraient besoin, en prenant soin de ne pas les corner, ajoutant leur trousse, un coffret de gouaches et, pour certains d'entre eux, un paquet de gâteaux secs ou un sachet de bonbecs, j'imaginais ceux qui l'avaient fait la veille et avec soin et ceux qui avaient attendu le dernier moment sans se soucier que les choses soient bien rangées, je me disais que leurs cartables leur ressemblaient et moi qui n'en avais pas, est-ce que ça voulait dire que je ne ressemblais à rien ?

Je n'avais pas de cartable parce que j'étais le fils de l'instituteur et que nous habitions le logement de fonction juste au-dessus de la salle de classe. Ma chambre donnait sur les tilleuls de la cour de récréation et sur la grille en fer forgé recouverte de glycine aux beaux jours. Le matin, il me suffisait de descendre un escalier.

Forcément, j'étais toujours le premier. Mon père, toutefois, était déjà installé derrière son bureau. En hiver, il allumait le vieux poêle et ça sentait le fioul et rapidement on étouffait. Au printemps, il ouvrait les fenêtres pour faire entrer l'air du dehors. Mais quelle que soit la saison, quand je me pointais, il terminait de remplir le grand cahier qui lui servirait d'emploi du temps pour la journée mais surtout de guide. Car si nous n'étions que dix-huit, il lui fallait slalomer, tel un skieur émérite, entre cinq niveaux, du CP au CM2, passer de l'un à l'autre et je me demande encore comment il y parvenait, comment il obtenait le silence des uns lorsqu'il s'adressait aux autres, et comment nous restions concentrés tandis qu'il faisait la leçon juste à côté.

Il m'adressait juste un bref regard tandis que je prenais place. À ce moment-là, je n'étais plus son fils mais déjà son élève. Du reste, à partir de ce moment-là, je cessais de l'appeler papa et je me mettais à le vouvoyer. Je contemplais la classe encore vide, le tableau vert où il avait déjà écrit et souligné la date, les cartes de France punaisées aux murs avec leurs fleuves et leurs affluents, l'étagère où trônait la boîte des bons points, et je pouvais enfin soulever mon pupitre pour y retrouver mes cahiers et mes ouvrages d'histoire ou de géographie ainsi que les récitations qu'il me faudrait ânonner devant la classe.

La journée s'écoulait le plus souvent sans qu'on s'en aperçoive, la preuve en est que je n'en ai conservé presque aucun souvenir, comme si c'était passé sur moi, et à 4 heures et demie, mes camarades se dispersaient comme une volée de moineaux : on aurait juré que leurs cartables étaient devenus plus légers. Je restais seul, à nouveau, avec mon père, cette fois pour faire mes devoirs. Il allumait la radio, invariablement sur France Inter, et écoutait « Radioscopie ». À jamais, la voix de Jacques Chancel est associée pour moi au supplice des devoirs. Quand l'émission s'achevait, j'étais autorisé à refermer le pupitre, à en caresser le bois et à remonter l'escalier.

Il m'aura fallu attendre d'avoir dix ans et d'entrer en 6e pour posséder enfin un cartable. C'est mon grand-père, cordonnier de son état, qui me l'a fabriqué sur sa machine à coudre. Il travaillait si bien le cuir, qu'il avait tenu à m'en faire la surprise. Sur le moment, le moins qu'on puisse dire c'est que je n'avais pas montré d'enchantement : je rêvais d'un sac à dos, j'avais soif d'être « dans le coup » mais surtout d'être comme tout le monde et voilà que je me retrouvais avec un cartable rectangulaire, couturé et vieux avant même d'avoir été utilisé. Pourtant, avec les années, j'ai fini par l'aimer et même à en être fier. Vous savez pourquoi ? Parce qu'il était unique et que j'avais, entre temps, appris à ne plus vouloir ressembler aux autres.

Estelle DENIS

Journaliste, présentatrice TV

Je me souviens de mon premier cartable : un « Tanns » marron. Il était censé durer longtemps. Et il a tenu ses promesses au-delà des espérances de mes parents et de mes désirs de changement. Mon cartable, je l'ai traîné du CP à la 6e ! Pour autant, mon cartable était synonyme d'enfance, d'école, d'apprentissage et aussi de copains et de récrés. Mais à la veille d'entrer en 6e, c'en était trop. Mes rêves de nouveauté se fracassaient une fois encore sur la solidité « alligatorienne » de l'animal à anses. Allais-je le garder jusqu'à la 3e ? Jusqu'au lycée ? Jusqu'à ma mort ? Là j'ai commencé à rêver d'un destin funeste pour ce loyal mais bien encombrant compagnon. Une semaine avant la rentrée, ma décision était prise. Ce cartable finirait dans une rivière ou dans un dépôt de la Croix-Rouge dont j'avais appris l'existence. Nos chemins devaient se séparer. J'en étais là de mes ruminations quand ma mère, après avoir échangé un regard avec mon père, m'a dit : « Écoute Estelle, ça fait cinq ans que tu as ce cartable, sans vouloir te faire de peine, tu pourrais peut-être en changer ? »

Gérard JUGNOT

Acteur, réalisateur

Le cartable, boulet ou objet de fierté, c'est selon, m'offrait à chaque rentrée des trésors de sensations. Je me souviens de cette sacoche remplie de « fournitures », de livres aux pages souvent collées, de ces cahiers vierges pas encore écornés, promesses d'une année scolaire où l'on pensait, surtout les premiers jours, faire enfin des étincelles pour le grand bonheur de parents attentifs mais inquiets.

Les fermetures Éclair coulissaient sans peine et les attaches en laiton permettaient une ouverture rapide quand le doigt s'y enfonçait.

Quelques excentriques, aux parents permissifs, s'exhibaient parfois avec des sacs militaires kaki de stocks américains. Mais la majorité, dont je faisais partie, restait abonnée au solide cartable en cuir qu'on portait à la poignée, en bandoulière ou sur le dos.

Le porter en bandoulière évitait la coutume très ancrée du décrochage par le pied. Je m'explique pour les plus jeunes. La blagounette de fort mauvais goût mais très usité pendant la sortie des classes, consistait à suivre discrètement un camarade qui tenait son cartable par la poignée et de peser de tout son poids avec le pied sur la sacoche. Le but était de faire décrocher l'objet de la main du collègue et de faire chuter le cartable – si possible dans le caniveau ou dans une flaque. Si l'on s'y prenait bien et avec force, on pouvait parfois même arracher la poignée…

On savait s'amuser à cet âge.

Ce cartable est également rattaché à des souvenirs olfactifs : cette odeur si particulière de cuir neuf que remplacera plus tard le parfum des différentes encres qui auront coulées des stylos fuyants mélangé à celui des pelures de taille-crayon.

Mais il est une odeur que je voudrais évoquer ici avec quelque honte.

Dans cette jeunesse si éloignée et tellement proche, j'avais inventé un petit concours avec quelques camarades aussi « turbulents » que moi, comme on disait à l'époque.

J'adorais déjà la pyrotechnie et les pétards. Petits, gros, corsaires, crapauds ou sifflants, nous en possédions tout un arsenal...

Après s'être lassés des effarouchements des filles – les quilles à la vanille –, des expériences sonores dans les poubelles ou les bouches d'égouts, ainsi que les tentatives d'infarctus infligés aux concierges, une idée nouvelle avait jailli de nos esprits farceurs.

Il s'agissait, dans un premier temps, de trouver une déjection canine aussi imposante que possible et d'y enfoncer un gros pétard rouge. Ensuite, il n'y avait plus qu'à attendre le passage d'une dame ou d'un monsieur très chic, de calculer la mise à feu en rapport à son déplacement et de se planquer pour assister au désastre des projections... On n'avait pas trouvé plus idiot mais ça provoquait chez nous un rire aussi graveleux que les matières qu'on faisait exploser.

Un jour, que j'étais en train de piéger une crotte de belle ampleur, un de mes copains plus pervers que les autres sortit son briquet et alluma la mèche de mon pétard...

Je n'eus que le temps de courir me mettre hors de danger mais je m'aperçus avec horreur que, dans la précipitation, j'avais laissé mon cartable à côté du dispositif détonnant.

L'explosion de matières ruina mon beau cartable. Je mis des semaines à le rendre de nouveau opérationnel...

Depuis cette mésaventure, j'avoue ne plus avoir eu la même perception de cette merveilleuse odeur de cuir neuf du cartable.

Rémy FIÈRE

Écrivain

Parce que je n'aimais pas l'école, je n'aimais pas les cartables. Notamment ceux que l'on portait sur son dos, avec, appuyé sur des vertèbres encore souples, le poids familial d'une réussite scolaire à perpétuer. Si j'avais pu les jeter au feu avant la fin du dernier trimestre, puis partir en courant loin des bureaux de bois souillés et des professeurs en aube et à cheveux gris… Mais bon, je manquais sans doute d'audace.

Il n'y en a qu'un que je respecte encore. Une sacoche de cuir que je tenais de mon militaire de grand-père. Dedans ? J'en mettais le moins possible, alors même que j'en terminais sans forfanterie avec mon cheminement scolaire. Un cahier qui me servait à tout et à rien, un vague stylo qui fuitait, pas de livres, une ou deux revues peut-être, pour faire sourire les copains. L'ensemble était si léger qu'il aurait pu faire la nique à un successeur numérique que pourtant personne n'osait entrevoir. Pensez-donc, nous n'étions qu'au milieu des années 1970…

Bernard CHAMBAZ

Écrivain

Mon cartable. J'ai beau chercher, je ne me revois pas avec un cartable à la communale. Ce n'était pas l'école buissonnière, mais nos cahiers nous attendaient, tous les matins de classe, sagement rangés sous nos tables. Ainsi nous avions les mains libres, les mains volontiers dans les poches, pour avoir l'air crâne et pour m'assurer qu'aucun des cinq osselets n'était tombé par le trou que ma mère devait raccommoder sous peu. Il me semble qu'on n'avait pas encore inventé les cartables à bretelles – ceux que nous achèterons à nos enfants les tout derniers jours d'août, dans un magasin Upim, au retour de nos vacances en Italie.

Mon premier cartable, je l'aurais forcément eu pour mon entrée en 6e. C'était donc un cartable de collégien que je n'ai pas non plus souvenir d'avoir choisi, je ne suis même pas certain qu'on pût choisir un cartable, pour sa couleur ou son motif, à cette époque assez lointaine. J'imagine qu'il était en cuir, ou similicuir, et il n'avait pas de reflets rutilants, sinon je m'en souviendrais. J'y fourrais donc mes cahiers et mes livres en fonction des cours de la journée, lundi français histoire éducation physique, bonne journée, mardi, mathématiques allemand sciences-nat musique, rude journée en perspective, etc., en essayant avec un succès relatif de ne pas me tromper de jour et de ne rien oublier. La trousse, bien sûr, était du voyage. Fallait-il encore vérifier qu'elle était au complet – compas, rapporteur, le mardi, qu'il fallait alors emprunter à un copain, sans se faire repérer. Le plus important était le carnet de correspondance, où les professeurs reportaient nos notes et des observations qui pouvaient s'avérer malveillantes, sans raison. Par un effet de ma volonté, il m'est arrivé, parfois, de l'égarer. Ce que je n'oubliais jamais, en revanche, c'était la balle de plastique jaune avec laquelle nous jouions au football dans la cour à la récréation et, mieux encore, au square voisin dès que l'occasion s'en présentait. Mon cartable trouvait alors sa destination idéale : poteau de but. Dans ce rôle, il se montrait à son avantage ; poteau rentrant quand on attaquait, poteau sortant quand on défendait. À la fin de nos parties qui n'en finissaient pas, il suffisait de passer la main dans laquelle on avait craché pour enlever la poussière.

Le plus drôle, si j'y repense, c'est que mon père avait à peu près le même cartable que moi. Je devais préparer le mien le soir. Lui il avait le droit d'attendre le lendemain matin, c'était sans doute un privilège de père. Alors il y glissait les cours qu'il allait dispenser à ses élèves puis le journal *L'Humanité* avant de le lire dans le métro où il l'abandonnerait sur son siège pour qu'elle apportât ses lumières au peuple. Le plus drôle donc c'est que mon père n'appelait pas son cartable par ce nom de cartable mais « serviette » qui me paraissait à la fois très chic et un peu ridicule parce que les serviettes, franchement, c'était pour s'essuyer la bouche et les mains aux repas.

Amel BENT

Artiste, chanteuse

MON CARTABLE

Était-il bleu, rouge ou vert ? Se fermait-il par un zip ou par des pressions ? Était-il en nylon ou en tissu ? Je ne me souviens plus de mon cartable… ni de sa couleur, ni de sa matière, ni de son prix ! La seule chose dont je me souviens, c'est son poids… Oui, je me souviens m'être traîné cette masse des kilomètres, cela pendant des jours, des semaines et des années sur le chemin de l'école. Naïve, je pensais : « l'année prochaine il sera moins lourd », mais plus je grandissais plus mon sac grandissait avec moi, et plus il y avait de matières et de professeurs, plus il y avait de livres et de matériel à trimbaler. Je sentais ce poids écraser mes épaules chaque matin, chaque midi et chaque soir de la semaine ! Une fois, j'ai hurlé « sauvée » : ils ont parlé des problèmes de dos des écoliers, ils ont même inventé un sac à roulettes… j'ai demandé à maman le sac à roulettes… je n'ai jamais eu le sac à roulettes…

De toute façon il était moche ! J'ai porté mon fardeau pendant douze ans. Et c'est à dix-huit ans que j'ai définitivement quitté le banc de l'école et je n'ai plus jamais porté mon cartable. Ce qui est étrange, c'est que je le sens toujours ce poids sur mes épaules… alors ça n'a pas de couleur, pas de matière, je ne sais pas comment ça s'ouvre ni comment ça se ferme, je ne sais pas combien ça coûte, et pourtant je le sens, juste là, sur mon dos, comme si je le portais encore. Non, ce poids sur mes épaules ne m'a jamais quitté. Peut-être parce que je porte ma vie, je porte ma voix, j'ai porté le deuil et porté la vie, je porte mes choix, mes idées, je porte mes succès et mes échecs.

Ce qui est certain, c'est que ce sac contenait bien plus que des livres, du matériel, dans ce sac il y avait mes rêves, ma liberté et mon avenir. J'entends encore ma mère crier par la fenêtre : «Supporte ta jeunesse!» Elle aurait dû dire : «Porte ta jeunesse.» J'aurais compris plus tôt. Je ne me souviens ni de sa couleur, ni de sa matière, ni de son prix, mais ce dont je suis certaine, c'est que mon cartable, je le porterai toujours. Alors dès aujourd'hui, je ne vais le remplir que des plus belles choses de la vie.

Philippe GELUCK

Artiste, auteur, photographe

ADIEU MON CARTABLE

Qu'est-ce que j'ai aimé mes cartables, même s'ils étaient moches ! Qu'est-ce que j'ai aimé mes parents, même s'ils étaient pauvres !

Et avec le recul, je me demande s'il n'y a pas un lien entre ces deux réalités. Je suis persuadé qu'ils m'auraient équipé d'un accessoire digne s'ils en avaient eu les moyens.

Son premier cartable, on l'aime, parce qu'à six ans, on a soudain le sentiment d'être devenu quelqu'un d'important. Le mien était déjà vieux et un peu décousu, mais il était en cuir et hyper résistant. Il avait survécu à la maltraitance de nombreux cousins avant de m'échoir, et là, il était devenu mon passeport pour l'école primaire.

À six ans, on est tellement fier d'avoir un cartable – même s'il est à bretelles et qu'il ne contient qu'un compartiment – qu'on marche sur les eaux. Et je partis à l'école, mon cartable garni d'un crayon, d'un cahier ligné et d'une gomme. J'étais trop heureux. Je portais un petit manteau aux manches trop longues, un magnifique short en tergal, des chaussures qui me serraient un peu et des chaussettes dont la couleur m'a toujours intrigué car je n'ai jamais su si elles avaient réagi différemment au lavage ou si la paire était l'assemblage de deux chaussettes orphelines.

En 1960, les écoliers portaient encore une blouse grise et personne ne se moquait d'un camarade pour ses vêtements sans marque ou son cartable d'un autre temps. Non ! On se moquait d'un camarade parce qu'il avait, par exemple, une grosse tête. Et, manque de bol, j'avais une grosse tête. Mais au moins, ça détournait l'attention de mon cartable flétri et de mes chaussettes vairon.

Déjà très jeune, j'étais un type qui réagissait promptement aux contrariétés, et quelques années plus tard, vers mes neuf ans, je plaidai ma cause auprès de ma mère, lui expliquant que mon cartable à bretelles ne rajeunissait pas et que les coutures usées et béantes m'obligeaient à m'arrêter plusieurs fois pour ramasser ce qui en choyait. Son sang ne fit qu'un tour et elle se mit en devoir de m'en trouver un nouveau. J'ai dit un nouveau... pas un neuf.

Elle le trouva dans le garage des voisins. C'était une élégante sacoche d'un cuir particulièrement épais, munie de plusieurs compartiments dont les fermetures Éclair ne fonctionnaient plus. Vide, il pesait le poids d'un âne mort. Et je vous laisse imaginer ce que ça a représenté pour moi de le trimbaler lorsqu'il était bourré de cahiers et de livres d'études. Vingt minutes de marche, avec, au bout du bras, une sorte de valise lestée de boules de pétanque, et cela, vingt fois par semaine. Ma jeune colonne vertébrale partit en scoliose et nécessita de nombreuses séances chez le kinésithérapeute. Ça et ma grosse tête, j'avais tout ce qu'il fallait pour entamer une adolescence épanouissante. Ah non, j'oubliais : il y eut aussi l'acné juvénile et les cheveux gras.

Un jour, je réalisai que ce fichu cartable attirait probablement sur moi le mauvais œil et je décidai de m'en débarrasser : au fond des bois, muni d'une pelle, je creusai un trou profond et l'y enfouit pour toujours. Il ne fallait pas que cet objet de malheur risque de pourrir la vie d'un plus jeune ou un plus pauvre que moi.

Et comme par miracle, le ciel s'éclaircit : l'acné s'estompa, je laissai pousser mes cheveux en de longues boucles soyeuses masquant mon 60 de tour de tête, mon dos redevint vertical et je remplaçai mes horribles lunettes de la mutuelle par des lunettes rondes cerclées de métal argenté. Les filles me confondaient avec John Lennon, sans s'étonner de le voir prendre l'autobus 27 à Bruxelles. Question bagage, j'adoptai le sac en tissu kaki, chiné dans les surplus de l'armée américaine et porté nonchalamment sur l'épaule. Adieu les années cartable, la vraie vie allait commencer !

Grand Corps Malade

Artiste, chanteur

MON PREMIER SAC À DOS

Pour mon entrée en 6e, je rêvais de franchir un palier
En me débarrassant pour de bon de mon cartable d'écolier.
J'avais grandi, j'avais mûri, je me sentais l'âme d'un ado
Pour mon entrée en 6e… j'ai eu mon premier sac à dos
Fini le grand cartable carré qui sent les devoirs et les contrôles
À moi la désinvolture d'un sac jeté sur une épaule
Adieu la prime-enfance, l'obéissance, l'autorité
Bonjour les expériences, l'indépendance, la liberté
Dans mon sac bien sûr, il y avait des cahiers un peu cornés
Des livres très sérieux et une trousse un peu déformée
Un petit classeur contenant des feuilles bien mal classées
Et la fameuse grande équerre avec le bout un peu cassé
Mais dans mon sac à dos il y avait aussi toutes ces petites choses
Qui racontent que la vraie vie se déroule pendant les pauses
Dans les couloirs, à la cantine, dans la cour de récréation
Avec les potes, avec les filles, avec notre imagination
Il y avait cette balle de papier et de scotch enroulé
Pour des matchs de foot endiablés, le temps de se défouler
Des cartes de footballeurs Panini très soigneusement rangées
Celles en double au-dessus du tas pour pouvoir les échanger
Et puis ce bout de feuille arrachée avec une phrase griffonnée
Une intention un peu folle mais très vite abandonnée

Je l'avais écrite pour Émilie, une missive passionnée
Comme une déclaration d'amour pas vraiment assumée
Un cartable d'écolier, c'est plein de petites histoires
C'est des bonnes notes, des punitions, des tristesses, des espoirs
C'est des copains, des souvenirs, des regrets et des cadeaux
Pour mon entrée en 6e… j'ai eu mon premier sac à dos

Sylvie OHAYON

Romancière, cinéaste

MON CARTABLE 76

Je n'ai pas encore six ans quand la rentrée approche. Ma mère vient de se marier, un homme m'a donné son nom un matin de juin pluvieux. Je vais changer d'école, de nom, de maison. Je vais avoir un nouveau patronyme qui me donnera, j'en suis sûre, une autre figure. Alors je pleure. Je pleure et ma mère me dit, tandis que je me prépare à aller chez Tati : « T'en fais pas, pour la grande école, va. T'es une grande maintenant, tu vas avoir un cartable, un cartable de grande, quoi. »

Tati à Paris sur Bled. Une cité dans la ville qui abrite la tour Eiffel. Rituel annuel, acheter les tenues qui me tiendront chaud, me permettront de devenir quelqu'un. Quatre pulls, deux jupes et deux pantalons. Et puis, lui, l'ami muet qui me suivra toute l'année. Ma mère dit encore : « C'est important, le cartable, ça te porte ton avenir sur le dos, choisis. Vas-y, choisis-le. » Depuis quelques semaines, la vie m'est tombée dessus sans prévenir. J'ai dû subir le beau-père, l'autre nom, la chambre neuve et les voisins, alors le cartable, lui, je vais m'en faire un allié, mon premier ami de la cour, celui qui parle dans mon dos, raconte la bonne élève que je veux être pour pouvoir m'enfuir, quitter la cité où ma naissance m'a enfermée. Caverne au délice de mes rêves faits enfant, les poèmes que je cache dans les pochettes secrètes. Je veux un cartable avec des zips partout, inventer un monde dissimulé dans ce pays de merde où je suis une petite fille malheureuse.

Il y a des sacs à dos, déjà les sacs à dos. Été 76, canicule à abattre des troupeaux, pas de clim, les gens suent. Il y a des sacs à dos et ma mère dit qu'elle a chaud, qu'il faut choisir un sac à dos, vite. Je ne veux pas d'un sac informe, un sac handicapé moteur, qui ne tient pas debout sur sa base. Je veux un truc carré comme mon caractère, carré, déjà la gamine, comme sa coupe de cheveux, raide comme mes tifs, un cartable avec des bretelles et deux grandes poches pour les stylos, des fermetures Éclair en dessous, y planquer mes prières faites à Dieu, écrites pour les faire advenir : la mort subite du beau-père, retrouver ma maman qui n'est plus la même depuis qu'elle est tombée amoureuse, tombée sur ce con et moi sur un os, celui de ses avant-bras qui m'a fendu l'arcade sourcilière la veille de leurs épousailles.

Ma mère attrape un sac à dos. Sac à dos 76, tissus épais pas prévu pour essuyer les caprices de la pluie. Je hurle. Je veux un cartable. Je hurle son nom alors, au milieu de la foule compacte de foulards, de têtes frisées portant sur leur hanche des lardons, il me répond. Le cartable me fait de l'œil, un rayon de lumière crue cogne sur la petite fermeture métallique, m'appelle sans parler. Je cours vers lui, petit corps en skaï magnifique, ma caverne d'Ali Baba luisante, bordeaux comme un bon vin, deux grosses jugulaires pour attraper non plus mon cou étranglé par l'autre les soirs où il l'a mauvaise, mais redresser mes épaules, me faire le dos droit, fier. Ma mère envisage doucement l'étiquette du prix, acquiesce par un mouvement de menton, me donne l'approbation.

Je serre mon nouvel ami contre mon cœur et demande à choisir le reste de mes affaires. Maman, renonce : « Y'a pas écrit Pigeon sur mon front. Eh oh ! », alors je fais ce qu'on fait souvent lors de cette époque bénie où les antivols n'existent pas et qu'on est une petite fille des quartiers pauvres de la banlieue. J'ouvre mon nouvel ami, y fourre les plus beaux stylos, deux trousses, un sweater pailleté, j'arrache la laisse qui pend à sa poignée, une ficelle blanche au bout de laquelle est attachée l'étiquette de son prix. Mon ami est unique puisqu'il est à moi et que je l'ai adopté, il n'a pas de prix, il ne vaut que par l'amour que je lui porte désormais. Ma mère n'a rien dit. Ma mère n'a pas de morale, pas celle de l'époque en tous cas. Elle ne sait pas ce qu'il en est de l'autorité parentale. Elle rit, me traite de petite racaille du 93.

Ce jour-là, j'ai volé mon cartable comme on arrache un chien abandonné à son minable refuge, je lui ai donné un prénom, j'ai racheté ma dignité en inventant la sienne. J'ai passé une année à dormir près de lui, à ranger ses deux soufflets, les essuyer à la gomme quand un stylo se laissait aller à tracer sur ses flancs ; j'ai astiqué le skaï brillant, m'en suis fait un phare dans la nuit de mes jours. Ma mère s'est moquée de moi, mon beau-père m'a traitée de psychopathe solitaire amoureuse d'un objet. Je m'en foutais, j'étais heureuse. Le soir, j'avais enfin quelqu'un avec qui partager mes discussions, lui raconter l'émoi ce jour de mai où Farid m'a souri, ma sacoche, mon ballon rouge. Je n'ai pas eu de frère, pas de sœur, mais j'ai eu un copain qui dormait dans ma chambre, trois années d'une amitié sans faille jusqu'à ce qu'un grand de CM2 lui arrache ses bretelles, le défonce en le faisant valdinguer au bout de sa savate sur un terrain de foot. Je n'ai pas pleuré, j'ai laissé faire. J'ai marché tout droit jusque chez moi. C'était la fin de l'année de CM1, j'aurais un autre cartable. Le souvenir des objets qu'on a aimés est plus important que la chose en soi-même.

Julien BLANC-GRAS

Écrivain

MES CARTABLES

Au collège, il ne fallait pas porter son cartable sur les deux épaules. Surtout pas. C'était la honte. Ça rappelait trop les petits écoliers alors que nous étions à l'âge où l'on veut se débarrasser de l'enfance pour se hisser au rang d'adolescent. Bien sûr, ça nous tordait le dos – les cartables ont toujours été trop lourds. Mais peu importait. La conformité sociale passait avant la santé, on est déjà bien con à douze ans.

Au lycée, la mode a changé. Il ne fallait pas porter son cartable sur une seule épaule. Surtout pas. C'était la honte. Je ne m'explique pas complètement ce revirement de tendance – peut-être qu'on en avait marre de se ruiner le dos.

À la fac, j'ai résolu le dilemme facilement : j'arrivais en amphi les mains dans les poches.

Plus tard, j'ai acheté un grand sac à dos qui m'a accompagné fidèlement pendant que je faisais mes tours du monde. Grâce à ce cartable, bien calé sur mes deux épaules, je suis devenu ce qu'on appelle un écrivain-voyageur. Et quand on voyage, on n'a jamais mal au dos.

Claude BOLI

Écrivain

Je me souviens encore de ce cartable : il était ma vie, mon histoire, le témoin des matchs joués sous la chaleur suffocante des chemins sinueux d'une école située à près de quinze kilomètres de la maison. Mon cartable n'avait pas de nom car il incarnait chacun des possesseurs d'une fratrie de plusieurs garçons. Mon sac a été notre sac. Dès son achat exceptionnel dans un magasin climatisé dont la clientèle était majoritairement issue des milieux aisés d'Abobo – quartier du nord d'Abidjan, la capitale de la Côte d'Ivoire –, il a été une pièce d'un chaînon qui unissait les Boli brothers. Je l'ai autant aimé que détesté. En tant que petit... petit... petit frère, j'ai dû le recevoir dans un état de dénuement esthétique : anse remplacée par un morceau de tissu pagne, cuir usé, traces indélébiles d'encre de stylo bic...

Arrivé à l'âge où l'enfance se conjugue avec esprit d'aventure, le sac collectif est devenu mon sac de toutes les facéties. Je l'utilisais comme un puits enchanté des pages de BD et de journaux – *Akim*, et *France-Football* notamment – que je ramassais dans les librairies dite «par terre» où les ouvrages d'occasion sont étalés à même le sol. Mon sac, je l'instrumentalisais aussi comme poteau de but. À l'issue des rencontres, je m'approchais discrètement pour le réduire ou l'allonger au gré de la qualité de l'adversaire. Quelle belle complicité! Nous étions unis par le dos et les pieds.

Parler de cartable c'est évoquer une enfance qui continue et continue à me porter et à me porter...

Bernard CHENEZ

Dessinateur, écrivain

TATOUPRIS

À peine avalée la tartine beurrée et le bol de café au lait, ma mère donnait le signal : «Tatoupris?» Oui, je n'avais rien oublié. Depuis la veille au soir, mon sac d'école était prêt. On disait «sac d'école», le mot cartable ne figurait pas dans notre vocabulaire familial, sans que j'en connaisse le pourquoi. Le plumier en bois à double tiroir coulissant renfermait les outils nécessaires pour accomplir avec sérieux mon métier d'écolier.

Les plumes Baignol et Farjon «Gloire De Boulogne» n° 3298 avaient ma préférence. Plus rondes, plus féminines que les Sergent Major, raides et dures, qui justifiaient à mes yeux leur allure par trop militaire. Sur le couvercle coulissant, le mot *plumier* était inscrit en lettres à l'anglaise que je m'efforçais, avec un certain succès, à reproduire dans mon cahier d'écriture. Cette majuscule, ces pleins et ces déliés m'ouvraient à l'esthétique. Déjà. Le livre de grammaire annonçait la dictée du mardi matin. Celui d'histoire, les leçons à apprendre, le soir, sur la table de la cuisine. Saint Louis sous son chêne, le chevalier Bayard, Jeanne d'Arc devant Orléans, Louis XIV «qui avait trop aimé la guerre...» habillaient mes rêveries.

J'ignorais encore qu'Épinal avait déjà récupéré toutes ces images. Dans une de ses chansons, Claude Nougaro affirme que son cartable était «bourré de coups de poing». L'école primaire où je faisais mes classes étant située à six cents kilomètres plus au nord que sa ville rose, mon sac d'école ne contenait que de sages ennuis. Nulle odeur de cuir, clos par un unique fermoir en fer-blanc, mon sac était en carton bouilli. Comme mes culottes courtes, il a dû finir dans une malle de grenier, avant que l'oubli, jusqu'à aujourd'hui, ne le fasse disparaître.

Corinne DIACRE

Sélectionneuse de l'équipe de France
de football féminine

MON CARTABLE OUBLIÉ DANS UNE BALLE DE PAPIER

J'ai peu de souvenirs de mes cartables. Je me rappelle surtout nos déménagements avec mes parents et ma sœur. Je suis née dans le Nord et mes parents travaillaient dans le textile. Avec la crise des années 1980, ils ont perdu leur travail et nous avons déménagé à Saint-Chamond dans la Loire. Au bout de deux ans, ils ont à nouveau perdu leur travail et nous avons à nouveau déménagé pour aller à Aubusson et travailler dans la tapisserie. Troisième étape. Troisième vie. À chaque fois il fallait reconstruire. À partir de la 4e, j'ai intégré une section sports-études et me suis un peu éloignée du giron familial. Là, ma carrière de footballeuse commençait à s'esquisser et ce grâce à mes parents.

Ces déménagements font que je n'ai pas eu de relations de camaraderie dans la durée. Je n'ai pas eu d'amis d'enfance sur qui j'aurais pu accrocher des souvenirs. Mes souvenirs, je les ai accrochés à un ballon et des cours de récréation.

Je ne me rappelle ni de mes classes, ni de mes cartables. Ce n'est pas une amnésie. Il y a des images fugaces mais rien de plus. Je n'étais ni une bonne élève, ni une cancre. Je n'étais pas scolairement douée mais je travaillais beaucoup. Si j'avais dû être notée sur mon volume de travail, j'aurais eu beaucoup de vingt sur vingt ! Mais il y avait un peu de déchets dans tout ce travail…

En revanche, j'ai une image très précise de toutes les cours de mes écoles car j'y jouais au foot jusqu'à la moindre parcelle de temps. Des parties avec tout ce qui pouvait s'apparenter à un ballon : balle de tennis, boule de papiers scotchés... Quelquefois, comme dans un film, lorsque je vois les équipements de l'équipe de France, cette petite boule de papier apparaît et ça me fait sourire. Comme une enfance enfouie au milieu de tous ces «beaux habits»

Je ne me rappelle pas d'enseignant en particulier sauf deux éducateurs qui ont déterminé ce que serait ma vie. Claude Sauzea qui a accompagné mes six ans lors de ma première vraie licence foot à Saint-Chamond. C'était un homme extraordinaire de simplicité. Sa bienveillance m'a protégée, contre les quolibets et les stéréotypes en me traitant comme n'importe quel footballeur. Il m'a permis plus tard de mettre des mots sur mon ambition : je ne suis pas une footballeuse mais une femme qui joue au football. Il avait détecté mes capacités et il avait capté ma soif de foot, mon envie éperdue d'apprendre «mon» foot. C'était comme une leçon scolaire ou un catéchisme. Enfin c'est peut-être autre chose. Comme un plongeur apprenant à respirer pour mieux nager.

Cette petite fille de six ans, avec le recul, je la vois comme un bout d'humanité passionnée et courageuse. Par exemple, j'ai passé des heures à jongler; des heures durant, je faisais sauter le ballon d'un pied à l'autre à m'en faire mal jusqu'à apprivoiser ces rebonds capricieux. Apprivoiser ce ballon pour qu'il «reste mon ami».

En classe de 4e, Gérard Fontenay, mon professeur d'EPS, m'a ouvert les portes du sport-études. Non pas en m'accompagnant au milieu des trente-neuf autres élèves. Trente-neuf garçons... et une fille. Le barème d'épreuves sportives était calé sur les performances des garçons. Mais pour la vitesse c'était physiologiquement impossible de rivaliser. Sur ce point monsieur Fontenay a adapté son barème. Je ne sais s'il m'a sauvé la vie, mais il a déterminé une grande partie de mon évolution personnelle.

Ces deux hommes, jamais je ne les oublierai car ils m'ont traité ni comme une jeune fille, ni comme une footballeuse, mais comme une personne à part entière.

Donc pas plus de souvenirs de salles de classe que de cartables. Pas même de sac de sport. Étant la seule fille, je partais en tenue de sport de chez moi car il n'y avait nul vestiaire ou douche à partager. Ce que nous partagions était le terrain et le ballon. Et ça n'était déjà pas si mal.

Pardon de n'avoir que ça à partager : une petite fille et des balles de papiers.

Bertrand GUILLOT

Écrivain

LE CARTABLE, C'EST SACRÉ

Le plaisir du cartable, ça a d'abord été d'en avoir un. Quelle fierté, pour mon entrée en CP, que d'avoir mon cartable tout neuf sur le dos, avec dedans ma gomme parfumée et mes premiers cahiers de grand. Pour les six années à venir, le plus important était dans le cartable : les premiers manuels, mon premier stylo plume, les cahiers, le carnet de correspondance…

Puis est arrivé le collège : un livre et un cahier par matière, en 6e il fallait surtout qu'il ne soit pas trop lourd… Mais bien vite, l'enjeu s'est déplacé du contenu au contenant. Il me fallait absolument un cartable cool, comme les autres. Six mois, je me suis battu avec mes parents pour enfin troquer mon vieux cartable à bretelles pour un sac en toile de jean. Et c'est ainsi que, jusqu'à la fin du collège, j'ai laissé comme les autres traîner mon vieux sac US au pied d'un poteau à chaque récré. Je savais que personne n'allait me le piquer : un cartable, c'était sacré.

Marc LAVOINE

Auteur, chanteur, comédien

Comme un gosse je suis paniqué devant ce grand amphithéâtre de la Sorbonne où je dois remettre des prix pour le Concours général. Le ministre de l'Éducation nationale est au premier rang avec les personnalités. Derrière en une géographie humaine implacable, les lauréats et leurs proches. Vais-je lire le texte que j'ai préparé ou simplement improviser quelques mots ? Les deux ? Remettre un prix ici, pour moi qui ai quitté l'école à quinze ans et demi ! Mais on n'est pas sérieux à quinze ans et demi.

Comme toujours en pareil cas, je repense à Michou et Lucien. Leurs combats pour l'égalité. Pour la fraternité. Ces combats qui m'ont donné la liberté d'être au monde comme je voulais l'être. Comme souvent en pareil cas, je repense aussi à Gérard Cadet mon professeur de lettres au collège. Cet enseignant m'a sauvé la vie en me donnant une échelle de valeurs. Monsieur Cadet a vu que mon attention était ailleurs et ne m'a pas jugé. Il s'est aperçu que j'aimais la poésie et que j'en écrivais. C'est lui le premier à m'avoir appris que le talent sans un travail continu n'est rien, un écho qui ne se parle qu'à lui-même. Il m'a appris à organiser ma vie autour des mots. Il m'a aidé à mettre au monde les mots qui restaient cachés dans mon cartable.

Un cartable hérité de l'école de la Fontaine à Wissous, en banlieue parisienne. Un « cartable à dos ». C'est comme ça qu'on les nommait alors. Pas un sac à dos. Un cartable à dos ! La précision n'est pas fortuite car le grand jeu alors, c'était d'arriver derrière vous et de tirer d'un coup violent sur les anses. Ça vous basculait net. Et là Titi-la-châtaigne arrivait. Celui qui m'avait bousculé prenait cher. Titi-la-châtaigne, c'est mon grand frère Francis. Si on l'a surnommé plus tard Lino, c'est que son coup droit était proportionnel à la largeur de ses épaules. Quand je repense à ce cartable, je me dis que les deux anses qui m'ont permis de porter ma vie scolaire étaient reliées à mon grand frère et Monsieur Cadet.

Francis j'aimerai bien que tu sois là. Et Michou. Et Lucien. Et le bruit des récrés. Épais comme nos bols de Ricoré. Et le goût des centres aérés dans une banlieue qui était à la fois la ville et la campagne. La couleur d'une enfance populaire.

Le rire qui me prend par surprise fait réagir la salle. Finalement, je vais leur raconter tout ça et après, peut-être, je lirai ma dictée.

Baptiste FILLON

Écrivain

Mon cartable était un parpaing, où je casais tous les livres de la journée. C'étaient les grands débuts du collège, et le savoir pesait un peu trop... Plus j'ai grandi, et plus il s'est allégé. Moche, carré, il s'est effilé, devenu plus maniable, moins sujet de honte, presque. J'ai pu y mettre ce que j'aimais, des livres, les miens, ceux que j'aimais vraiment. Quand je l'ouvrais, il exhalait cette odeur chaude de la mine de crayon et de la poussière, des restes de goûter qui imprégnaient le tissu, le fonçaient. Il y avait aussi le parfum du papier, de tous les grains et les textures, grossier comme de la peau de lézard, épaisse et douce comme du métal taillé en feuille.

Aujourd'hui, après chaque balade, chaque voyage, j'ai l'impression d'ouvrir mon cartable à chaque fois que j'ouvre un sac. Il s'en dégage la même chaleur un peu moite, de plastique enduit et chaud, où macèrent l'encre, les crayons et les stylos. Celle du travail et de tous les possibles, la vague réminiscence des premiers instants écoliers, où j'ai compris que l'on pouvait créer des mondes entiers avec du papier et un stylo.

Fadela AMARA

Ancienne ministre,
ex-présidente de Ni putes ni soumises

CARTABLE CASSE-TÊTE !

Aussi loin que je me souvienne, la rentrée scolaire a toujours été source de joie même si parfois une petite pincée de frustration venait ternir le cérémonial. Source de joie, particulièrement en primaire, car j'étais trop contente de retrouver mes camarades de classe dans la cour de récréation. Dans cet espace de liberté surveillée, nous inventions des jeux inédits où jamais l'ennui ne gagnait.

Notre imagination était sans borne tant nous prenions plaisir à nous renouveler. Cette dynamique joyeuse nous valait d'être jalousés par tous et d'aucuns souhaitaient faire partie du groupe. Mais il fallait montrer patte blanche et prouver sa capacité à inventer de nouveaux jeux à la fois ludiques et innovants. Pas facile, et pourtant le groupe s'élargissait, à mon grand étonnement ! Il m'aura fallu mener une enquête à la façon du grand Hercule Poirot, pour comprendre les dessous de l'affaire et admettre à mon grand dam, que certains éléments de mon équipe s'étaient laissés corrompre. Rassurez-vous, pas de transactions financières ! Cette corruption, sans doute inévitable à cet âge, consistait en des stocks d'images de foot pour les collectionneurs invétérés ainsi que des sacs de billes, indispensables pour élargir son cercle d'amis et briller dans cette mini-société que constituait l'espace de l'école.

Ces gains venaient s'ajouter à tous les jeux, créés avec des bouts de ficelles, qui gonflaient nos cartables prêts à craquer.

Boîtes magiques d'où débordaient les ancêtres des Lego, des mini-marionnettes, des jeux de cartes pas complets et autres improbables voitures cabossées et chariots fabriqués avec de vieilles pinces à linge, le tout au milieu de cahiers et d'une trousse où manquait la plupart des éléments censés la composer. Heureusement pour nous, l'école y pourvoyait. Quel souvenir que la colle au goût d'amande ! On dit que le bonheur ne tient pas à grand-chose... c'était tellement vrai dans notre cas. Nous étions issus de quartiers où l'argent ne coulait pas à flot, seule notre imagination pouvait nous rendre populaires face à ceux que l'on nommait déjà les enfants de bourges. Et de l'imagination, on n'en manquait pas !

L'intérieur de nos cartables ressemblait à la caverne d'Ali Baba. On pouvait trouver son bonheur parmi tous ces objets hétéroclites. Ils étaient d'ailleurs le sujet d'âpres négociations quand l'un d'entre nous jetait son dévolu dessus. Il arrivait que ce fût le cartable dans son ensemble qui devenait l'enjeu d'un troc, mais rarement car se retrouver avec un sac en plastique faisant office de cartable, c'était la régression ! Même si cet objet « fourre-tout » n'était pas à la dernière mode – car souvent hérité des ainés –, n'empêche qu'on y était attaché. Question de statut d'écolier !

On tenait à donner la même image que les autres – nos camarades des quartiers plus chics –, bien qu'on ait conscience de ne rivaliser ni avec leurs chaussures, ni avec leurs tabliers. Mais on mettait un point d'honneur à leur ressembler. Ce n'est que sur le tard que la rébellion viendra !

Selon les années, toutes les rentrées des classes ne se ressemblaient pas. Il y avait les super rentrées et les mauvaises rentrées. Les premières nous donnaient confiance en nous, nous assuraient de ne pas rester en retrait dès le premier jour de classe. Ce jour, le plus important, donnait le ton de l'année qui allait suivre : il faisait ou défaisait une réputation. Les secondes laissaient un goût amer et il fallait ramer pour être accepté dans un groupe de camarades quand, par malchance, on se trouvait dans une classe uniquement composée d'écoliers qui ne nous ressemblaient pas. Par chance, le recours à l'imagination, à l'humour et à l'espace sacré que sont les cours de récréation, où les règles sont différentes, facilitaient cette intégration : ce n'était qu'une question de temps !

Heureusement pour moi, les bonnes années furent plus fréquentes. Cela ne tenait pas à grand-chose. Il suffisait simplement d'avoir un cartable tout neuf, plein d'objets dernier cri encore sous plastique, et c'était le top ! Et si, en plus, on partait à l'aventure en France ou ailleurs durant les grandes vacances, alors là c'était le jackpot !

Pour exister toute l'année, il fallait raconter des histoires, montrer des trésors, avant la sonnerie qui annonce l'entrée en classe et sonne le glas de la vantardise infantile. Quelle chance pour nous, gosses de quartiers, que d'avoir des mères, limitées par des finances modestes, qui se démenaient pour acheter le nécessaire ! Et quelle chance que de pouvoir bénéficier des associations solidaires qui veillaient au grain et nous donnaient gracieusement tout ce qui nous manquait ! Du fameux cartable bien rempli, au tablier, jusqu'aux chaussures vernies pour les filles. De quoi faire une bonne rentrée. La classe quoi !

Quels bons souvenirs que ces rentrées scolaires où le cartable devient un passeport grâce à l'imagination et à la solidarité. Quels bons souvenirs que ces jeux collectifs où garçons et filles se surpassent, quelle énergie dépensée pour prouver qu'on est cap et terminer souvent dans des éclats de rires que seule l'insouciance sait faire émerger.

Aujourd'hui encore, j'ai un cartable. Plus d'objets improbables à l'intérieur mais des livres en pagaille… L'imaginaire est toujours là !

Benoit HEIMERMANN

Écrivain

L'ESSENTIEL

C'est en retournant à l'école – pour accompagner mon fils – que je me suis aperçu que le cartable appartenait à une histoire révolue. À en juger par la disparité des sacs, sacoches, musettes, besaces, serviettes, leurs formes dissemblables, leurs couleurs contradictoires, leurs modes de suspension singuliers qui, sur une épaule ou sur deux, qui, souples ou rigides, qui même, équipés d'un système de roulettes sophistiquées et d'une poignée télescopique à l'avenant, je me rende à l'évidence : les temps avaient changé et le transport des savoirs avec eux. À recenser toutes ces options et tous ces choix, il sautait aux yeux que la liberté et l'indépendance étaient à l'ordre du jour, tout au moins en apparence. Chaque élève, avec de surcroît un surplus de colifichets, d'écussons, de tags, de porte-clefs bien distincts, se distinguait et se singularisait à l'infini. Une ou deux générations plus tôt, nous n'étions que norme et conformisme. Nos cartables étaient parallélépipédiques, de teintes sombres et agrémentés, au mieux, de deux bretelles pas si éloignées de celles utilisées par nos propres pères. Je devais l'admettre : nos progénitures avaient chamboulé les modes et les principes. La preuve : le contenu de leurs bagages avait lui-même évolué. Méthode globale, calculettes électroniques, QCR, travaux appliqués : c'est vers la modernité que frayait désormais un enseignement qui, en d'autres temps, se félicitait simplement d'être classique.

Le voici donc désormais connecté – le fameux cartable ! Avec le monde qui va, le temps qui passe et l'avenir qui, forcément, nous promet encore bien davantage. On ne peut que s'en féliciter ! Modifier l'enveloppe, réactualiser ce qu'elle contient : qui n'adhérerait pas à un tel programme ? S'ouvrir vers l'ailleurs et être en phase avec les différences, voilà un challenge qui ne peut que nous séduire. Espérons simplement que les privilégiés qui en profiteront n'oublient pas, dans le même temps, l'essentiel : les vingt-six lettres de l'alphabet, les tables de multiplication et les règles du savoir-vivre qui, elles aussi, elles surtout, font une bonne éducation.

Bernard MORLINO

Écrivain

Je n'ai aucun souvenir précis d'un cartable. Plutôt une multitude d'impressions liées à lui. Nous étions dans les années 1960. Mes cartables étaient tous à poignets. J'en ai eu plusieurs : à languette unique ou à double fermoir. Ils avaient tous un poignet et jamais de bretelles. Je les portais à la main, en penchant mon corps du côté opposé pour équilibrer, à cause du poids des livres et des cahiers. À mon époque, ils étaient en cuir ou simili cuir, noir ou marron. Si je devais retourner à l'école aujourd'hui, j'en prendrais un aux couleurs de l'OGC Nice. De mon temps, ça n'existait pas.

Je n'aimais pas du tout qu'on appelle serviette un cartable. Pour moi, une serviette, c'était pour s'essuyer la bouche et les mains. Dans l'un de mes cartables, il y avait un petit étui grillagé avec un carton pour y inscrire son nom et son adresse. Je l'avais rempli, transformant mon cartable en valise. Hélas! Cela ne m'a pas permis de m'évader du lycée Masséna. Il n'y avait que des garçons, pas une seule fille. Ambiance beaucoup trop masculine pour moi qui n'avais pas de sœur. Le seul intérêt de mon cartable, c'est qu'il me permettait de symboliser un montant des «bois» quand on jouait au ballon dans la cour. Trois autres élèves faisaient comme moi afin de créer un terrain de football. On se chamaillait souvent pour savoir si le ballon avait, ou non, frappé le montant qui n'existait pas!

Laurent RUQUIER

Animateur TV et radio, producteur et auteur

J'ai toujours un cartable. Il aura fallu que Marc Lavoine me demande un souvenir d'enfance avec mon cartable pour que je m'en rende compte !

Je ne l'ai jamais lâché ! J'en suis même à me demander si je ne suis pas né avec. Pour ma mère, il paraît que je n'étais pas une bonne nouvelle, alors il fallait bien que je me raccroche à quelque chose. Ça nourrit, un cartable…

Hier soir encore, pour être prêt à partir tôt comme chaque matin, je l'ai rempli des livres de mes invités, de mon cahier Clairefontaine – pages grands carreaux – sur lequel je note chaque jour tous les faits d'actualités et aussi des idées de noms à recevoir dans les émissions. J'y ai glissé aussi mes stylos-bille feutres, de plusieurs couleurs ; des surligneurs Stabilo boss qui ont remplacé les crayons à colorier de l'école primaire, des polycopiés devenus photocopies avec la documentation concernant ceux qui vont être interrogés. Oui, parce qu'au moins, maintenant, c'est moi qui interroge. Mais pour interroger, bizarrement, faut savoir la réponse.

Dans mon cartable, on peut trouver aussi un yaourt et des biscuits, pour que je puisse prendre des forces chaque matin, pendant que je prépare mes émissions avant la grande récréation des *Grosses têtes*. Je dois aussi vérifier que je n'ai pas oublié mon agenda pour avoir toujours mon emploi du temps sur du papier, parce que je ne fais pas confiance à mon téléphone. Mon cartable est à peine portable et mon portable n'est pas encore mon cartable.

À peine portable, parce qu'il est lourd, très lourd. C'est comme une obligation. Un devoir. Comme si je devais prouver à mon père que j'avais bien tout ce qu'il faut dedans pour apprendre encore, progresser toujours et mériter des bonnes notes.

Tout ça pour réaliser seulement maintenant que je porte un cartable depuis plus de cinquante ans. Adolescent, j'ajoutais aussi, un petit poste de radio pour écouter mes émissions favorites sur la route. Maintenant comme c'est moi qui suis dans le poste de radio, je ne vais quand même pas me glisser dans mon cartable ! En revanche, le matin quand il fait encore froid et que je pars vers 6 heures sur le chemin de RTL, il m'arrive encore de fredonner *Les matins d'hiver* de Gérard Lenorman :

« Où il fait toujours beau, où tous les jours sont chauds
Où l'on passe sa vie à jouer
Sans songer à l'école, en pleine liberté
Pour rêver [...] »

Gérard Lenorman, Les matins d'hiver, *paroles de Richard Seff et Daniel Seff.*

Azouz BEGAG

Écrivain

CARTABLE ET CASSE-CROUTE

J'aurais aimé dire que mon cartable d'écolier était en cuir, pour faire poétique, mais ce n'est pas vrai. Il était en matière plastique, cartonné, bariolé de plusieurs couleurs et n'avait rien d'extraordinaire. Mon père avait dû me l'acheter au marché des choses pas chères, mais cela me suffisait. Il était fait de deux compartiments, l'un pour les livres et l'autre pour les cahiers. Il pouvait s'accrocher au dos par des lanières, mais j'aimais le porter à la main pour une raison pratique : à la fin de la journée de classe, sur le chemin du retour vers nos baraques, il y avait toujours une partie de billes à faire devant le grillage de l'école, un mini match de foot, une occasion de jouer, et il était plus simple de balancer le cartable dans un coin pour partir à l'aventure avec mes copains. Une fois, je l'ai même oublié devant l'école, mais heureusement, quelqu'un l'avait rapporté au gardien. Un cartable, ça ne se vole pas. Surtout quand il est en plastoc et décoré avec des décalcomanies à deux sous.

À l'intérieur, il y avait toujours mon cahier du jour, celui où j'inscrivais les devoirs qu'il y avait à faire pour le lendemain. Il y avait aussi mon livre de lecture, bien recouvert d'une couverture transparente, qui était un objet sacré pour moi. Celui-là, je ne l'oublierai jamais parce que chaque fois que je l'ouvrais pour y retrouver les héros *Malou, Perlin et Pinpin*, je voyais que je n'étais pas un élève normal. Sur des images, on voyait en effet leur pépé et leur mémé dans leur maison, lui lisant un journal sur le fauteuil du salon, pendant qu'elle faisait le café à la cuisine. Il y avait un chien près d'eux, sans doute Médor, qui avait l'air bienheureux chez des maîtres aussi attentionnés, dans une maison moderne bien carrelée. En regardant ces dessins, je voyais clairement que je ne n'avais pas la même gueule que *Malou, Perlin et Pinpin*. Ils n'étaient pas du tout comme nous. Non seulement je n'avais pas de pépé et mémé, mais en plus, un hypothétique pépé ne pourrait certainement pas tenir un journal en main... puisqu'il ne saurait pas lire, comme tous les gens de notre famille ! Quant à mémé dans sa cuisine, c'était aussi inconcevable, simplement parce que dans notre bidonville, salon, cuisine, chambre, couloir... tout était logé dans la seule pièce de notre baraque en bois. Et les toilettes étaient dans la nature. Avec du recul, je réalise que la maison des *Trois Petits Cochons* ressemblait plus à la nôtre que celle de la famille de *Malou, Perlin et Pinpin*. Mais je ne pouvais m'identifier à ces cochons, quand même ! Malgré les différences, en lisant à haute voix ce qui était écrit sous les dessins, je feignais d'être un élève comme les autres. Et ça marchait.

Bien sûr, je transportais toujours mon livre d'histoire dans mon cartable. Il me fascinait. C'était du cinéma. Je revois toutes les images en couleurs qu'il contenait. La tête de François Ier, celle de Louis XIV, le château de Chambord et des photos de la fameuse retraite de Russie où, mourant de faim et de froid, des soldats français se cachaient dans les carcasses de chevaux morts.

Pour le calcul, dans mon cartable, il y avait aussi mes tables de multiplications, auxquelles mon père ne comprenait rien parce qu'il n'est jamais allé à l'école. Parfois, il faisait semblant de me les faire réciter, mais en les tenant toujours à l'envers.

Il y avait également mon ardoise. J'aime ce mot, ardoise, qui me ramène encore à l'école primaire et à ma tendre enfance quand je le prononce. La mienne était un peu fêlée sur le côté droit et j'étais gêné lorsqu'il fallait la lever pour montrer les mots écrits à la maîtresse. J'aimais y écrire à la craie blanche B et E = BE – Begag –, B et O = BO, B et A = BA, B et U = BU... Les lettres étaient belles ; elles vivaient. Chacune ressemblait à un personnage avec son caractère bien particulier. Je m'appliquais à en former les arrondis, la rectitude, le caractère, pour séduire la maîtresse. J'étais émerveillé par ces curieux assemblages.

Mais chaque jour, ce qu'il y avait de plus important dans mon cartable, c'était autre chose : mon casse-croute ! Ma mère ou ma sœur le préparait tous les matins avec beaucoup d'attention parce qu'il était hors de question que je meure de faim à l'école. Faire travailler la cervelle consommait de l'énergie, alors il fallait manger. Se remplir l'estomac. Ce casse-croute occupait donc une bonne partie de mon cartable. Il était rudimentaire, comme mon cartable pas cher. C'était toujours un énorme morceau de pain familial avec plusieurs carrés de sucre à l'intérieur, bien disposés en quinconce pour qu'ils ne se chevauchent pas. C'était mon goûter de 4 heures. Je n'aimais pas le partager avec ceux qui, systématiquement, venaient m'en demander, soi-disant parce qu'ils avaient oublié le leur à la maison.

Sous le casse-croute, ma trousse contenait tous mes crayons, un taille-crayon, une gomme, un décimètre et un compas.

Mais surtout, plus que les objets qu'il contenait, mon cartable était un formidable foyer d'odeurs. Dès que j'ouvrais ma trousse à glissière, elles éclaboussaient et me remplissaient le nez. Celles de la gomme, du papier buvard, de l'encre de Chine, du crayon à papier HB et de la pâte à modeler. Parfois, celle des Malabars, aussi, qui sentait bon le produit chimique sucré et rosé. Aujourd'hui, dès que je ferme les yeux, elles remontent en moi. Elles empêchent mes braises d'enfance de s'éteindre. Elles ramènent avec elles des images d'un enfant fier de sa blouse grise, heureux d'aller à l'école avec ses frères et sœurs et retrouver Georgette sa maîtresse.

Je n'ai pas gardé mon cartable d'écolier. C'est un regret. J'ai dû en avoir plusieurs, à force de les balancer à terre sans ménagement. Mais j'ai gardé trois cahiers de compositions de l'école élémentaire et primaire. Ils sont encore dans ma bibliothèque, recouverts d'un papier bleu, d'un bleu typique de l'école républicaine des années soixante, celle qui m'a fait grandir. Il m'arrive souvent de relire les dictées et les calculs que nous faisions alors. C'est drôle de se revoir à six ans quand on en a soixante. Ce sont les seules traces que j'ai conservées de ce moment et de cet âge qui comptent tellement dans la vie d'un homme. J'espère que mes enfants veilleront sur ces précieux témoignages. Et leurs enfants aussi. Jusqu'à la nuit des temps.

Diane MAZLOUM

Écrivaine

Des nombreux cartables que j'ai eus tout au long de ma scolarité, celui de la classe de 10e reste à jamais le plus inouï. Il était de la marque italienne Invicta, d'un rose pas trop rose, un peu mélancolique, légèrement métallisé, un rose d'automne, ce qui en faisait le plus beau rose du monde. Et ce tissu crépusculaire à la texture souple et granulée contrastait avec la structure rigide du cartable. Il était solide, tout aussi solide et rassurant que les quatre murs de la maison, et à l'intérieur, moelleusement nichés, s'y trouvaient des cahiers et une trousse rectangulaire assortie qui s'ouvrait, à l'aide de fermetures Éclair, sur deux niveaux : le premier contenant, bien alignés dans leur étui, feutres et crayons colorés, le second pour le stylo, l'effaceur, l'équerre et le compas, le taille-crayon, la gomme, la paire de ciseaux, le tube de colle, chacun encastré dans son propre écrin; un livre à la couverture plastifiée, ma lecture du moment, le livre que j'avais choisi et emprunté à la bibliothèque des petits, car, depuis que j'avais appris à lire, le livre, qui était devenu comme un membre de ma famille avec qui je ne pouvais pas me sentir seule, ne me quittait plus; et le goûter préparé par mon père – bien plus matinal que ma mère – en général un jus de fruit et un délicieux sandwich au salami enroulé dans du papier de cellophane; trois boutons vert fluorescent fixés sur la paroi interne, dont je n'ai jamais rien réussi à obtenir, mais dont j'étais convaincue qu'avec le bon code, ils ouvriraient des poches secrètes qui feraient apparaître un deuxième goûter ou mes affaires de piscine oubliées.

Dans le vaste univers de l'école, ce cartable était un repère et m'évoquait le cocon douillet de la maison. Même si l'école se trouvait à une rue de chez moi, à l'instant où je l'endossais, garni de ses bandes réfléchissantes pour être plus facilement repérable de nuit, et une poignée argentée à son sommet qui me permettait d'évaluer secrètement le poids de son contenu, je me sentais prête à être propulsée au sein des vallonnements mystérieux de la camaraderie et de l'éducation scolaire.

Il était presque aussi grand que moi et me faisait l'effet de transporter, tel un cosmonaute, une carapace spatiale, ma planète ambulante, mon propre satellite, avec le nécessaire que cette expédition supposait : des vivres, des instruments, des feuilles et un compagnon.

C'était un module compact, ramassé qui, à la façon d'un robot Transformer, de retour en fin de journée à la maison, encore chargé des vibrations de la classe de français ou de mathématiques, de la cantine avec ses innombrables tablées de dix, ou des pinèdes romaines où je passais les récréations, se déployait lentement sur la moquette de ma chambre, l'air fier et fourbu de mission accomplie, pour découvrir ma récolte de petits trésors : un ou deux autocollants que j'avais réussi à échanger contre mes doubles pour compléter mon album Panini de la saison, la surprise gagnée dans la boîte de gâteaux, la boîte de Corn Flakes ou le sachet de chips glissée par un amoureux anonyme, quelques pignons ramassés que je n'avais pas eu le temps de briser d'un coup de caillou pour en manger la graine, des bouts de papier annotés, un carton d'invitation à un goûter d'anniversaire, une dent tombée enfouie dans un mouchoir ensanglanté.

En écrivant ce texte, j'ai voulu retrouver une image de ce cartable, et j'ai entrepris une recherche sur Internet. J'ai eu beau user de différentes combinaisons de mots-clés, je ne suis tombée que sur des cartables de la même marque qui m'ont rappelée ceux de mes camarades d'antan. Du mien, pas la moindre trace. Évaporé avec tout ce qu'il aurait pu contenir de l'univers de mon enfance si je l'avais gardé. Désormais il scintillera pour toujours dans mon souvenir comme l'étoile déjà morte depuis longtemps continue de briller dans le ciel.

Dominique DE VILLEPIN

Ancien Premier ministre, écrivain

JOUR DE FÊTE

Tu étais fort et beaucoup plus grand que moi. En cette rentrée de septembre, sans crier gare, tu m'avais arraché des mains ce cartable si lourd et très ancien que j'arborais fièrement pour la première fois. Déniché au fin fond du Limousin dans un grenier familial, il avait d'autant plus de valeur à mes yeux qu'il avait appartenu à l'un de mes oncles jamais revenu de la guerre. Pour lui redonner vie, le cordonnier voisin s'y était longuement attelé, puis, des heures durant, je l'avais nourri, y déversant plusieurs boîtes de cire d'abeille, sans compter l'huile de coude, avec force torchons et brosses.

Dans la cour de récréation, profitant de l'inattention des surveillants affairés à l'accueil des nouveaux élèves à l'entrée du collège, tu fis circuler de mains en mains cette précieuse relique, jusqu'à ce qu'un méchant drôle, plus imaginatif que les autres, s'en empare et l'attache à une corde afin de le suspendre à la branche d'un arbre où dormaient les iguanes. Était-ce un flamboyant ou un manguier jaillissant de la terre argileuse? Je ne sais plus.

Là, à coups de pierres et de bâtons, la meute se déchaîna, lacérant le cuir aux reflets blonds, visant l'une après l'autre chacune des poches et déchirant les soufflets. Au fil des coups, cette piñata improvisée révélait son butin de crayons de couleurs finement taillés, de plumes argentées encore vierges de toute écriture, tandis que l'encre bleue dégoulinait de son flacon de verre. Volèrent les livres de classe, les pages de mon Robinson Suisse comme de cet agenda recouvert de sa luisante couverture de plastique rouge.

C'était il y a bien longtemps, au collège français de Caracas situé sur les hauteurs à quelques encablures de la mer, au milieu d'une vallée serpentant entre les montagnes, leurs flancs grignotés de petites maisons multicolores de tôles et de cartons que les pluies diluviennes emportaient à l'arrière-saison.

Il faisait beau, je crois ; comme, dans mon souvenir, il faisait presque toujours beau dans ce pays lointain de mon enfance. J'étais pétrifié, fixant avec tristesse la carcasse éventrée et mes trésors dispersés.

Le temps a passé. J'ai oublié les noms et la plupart des visages, mais je me souviens de toi qui, la nuit, revenais me hanter : tu riais à gorge déployée au milieu de la cour de récréation. Tu te tapais sur les cuisses et tu me regardais. J'aurais voulu te supplier, mais pas un son ne sortait de ma gorge nouée, où les mots se pressaient. Derrière ton masque cruel, voyais-tu seulement couler les larmes ?

Puis je me souviens de mon frère qui, ignorant les cris, grimpa à l'arbre pour décrocher la pauvre dépouille. Je n'ai pas su ce qu'il avait alors soufflé à l'oreille de mon jeune bourreau, mais jamais plus ce dernier ne s'approcha de moi, ni de mon cartable qui, par la magie des doigts de fée de ma mère, retrouva bientôt tout son lustre. Ses cicatrices, qui s'accrurent avec le temps et se multiplièrent, me rendirent plus cher encore ce compagnon de mes premières années.

Enfant, vois le sourire retrouvé quand tombent les masques fanés !

Raymond DOMENECH

Ancien sélectionneur de l'équipe de France de football

MON CARTABLE DE FOOT

Plutôt que de cartable d'école, j'ai surtout des souvenirs de sacs de foot. Les cartables, c'était pour faire des poteaux. Dès la porte de l'école franchie, nos cartables étaient immédiatement posés sur le terrain en face pour fixer des buts et des limites à nos arabesques.

Quand j'y repense, tout était solide à cette époque, car nos frappes de balle, c'était pas du chiqué. Vlan ! Le cartable couché et immédiatement remis d'équerre par un pied rageur. À l'intérieur, rien ne bougeait.

Le cartable dont je me souviens le plus, c'est celui que nous avions caché à un ami de notre immeuble du quartier des États-Unis. Un quartier fait de barres mais avec simplement quatre étages. On y était bien mais on y vivait à l'étroit. Dans la chambre où nous dormions, il y avait un four au milieu. Quand nous avons déménagé pour des barres plus grandes et plus hautes, c'était un mieux. J'avais cinq ans. Mais même à cinq ans, tu comprends tout de suite que ta vie change quand tu n'as plus besoin de partager le lit de ta grand-mère et que tu vas avoir une chambre pour toi.

J'ai souvent essayé d'imaginer ce qu'il restait d'Espagne, de Catalogne, à mes parents immigrés à Lyon. Peut-être l'amour des enfants et des anciens.

Je m'égare un peu car cette histoire de cartable n'était pas trop glorieuse.

Ce jour-là nous sommes sortis de l'école comme des obus, mais au lieu d'aller jouer au foot, j'ai pris le cartable de mon camarade par jeu. Comme je courais plus vite, il ne m'a pas rattrapé. J'ai mis son cartable dans la cave sur une impulsion. Comme ça, pour rire. Mais une heure après je ne rigolais plus. Le cartable n'était plus là.

Le soir, les parents de l'ami ont déboulé à la maison pour réclamer le cartable. Mes parents ont dû tout racheter. Heureusement c'était un mercredi. À l'époque il n'y avait pas classe le jeudi, donc on a pu régulariser entre nous sans que ça déborde sur l'école. C'était déjà ça.

Finalement les cartables, c'est vraiment mieux en sacs de foot.

Louis DUMOULIN

Écrivain

MON CARTABLE OU LA VIE SAUVAGE

C'est un grand cartable, lourd et inconfortable, ployant mes épaules sous 10 kg de savoir. Je me souviens de sa pesée à la maison et du mot dans le carnet de correspondance. Mes parents se plaignent au maître, demandent qu'on partage les livres entre voisins de classe afin d'éviter une génération de scolioses provoquées par l'Éducation nationale. Rien n'y fait, le cartable reste lourd, il dépasse de chaque côté de mon corps d'enfant fluet. Je le garde bien trop tard, jusqu'en 6e. Tout le monde porte un sac à dos, c'est plus cool, moi j'ai mon cartable. Noir. Toujours trop grand. Avec dessus, écrit en grandes lettres orange, l'inscription « Wild Life ». Ironie du fabricant dont je me venge à force de maltraitances. Chris Waddle, Basile Boli, Enzo Scifo pour qui je deviens, le temps d'une saison, fan de Monaco : mes idoles de préadolescent trouvent toutes droit de citer sur mon cartable « Wild Life ». Au Tipex sur la toile noire, je crée mon Panthéon d'enfant. Quand sonne la récré, vient l'heure de faire les buts pour la partie de foot. Certains sacrifient sans problème leurs vieux manteaux, moi c'est « Wild Life ». Ce poteau rectangulaire, j'en connais les rebonds capricieux. Alors, quand j'hérite du ballon en mousse grignotée par nos parties endiablées, j'aplatis la sphère sous mon pied, protège mon ballon les bras écartés, crochète, frappe… Et But ! « Wild Life » rentrant.

Line PAPIN

Artiste, écrivaine

Il n'y avait jamais eu de cartable ici. S'ils allaient à l'école plutôt qu'aux rizières, les enfants venaient pieds nus, leurs cahiers sous le bras. C'était la guerre au Viêtnam, il n'y avait pas de chaussure ni d'habit et son cartable, il fallait se l'imaginer seul. Puis, l'embargo a été levé, les produits américains ont débarqué peu à peu dans le pays. Alors, les marchés se sont couverts de nouveaux stands : les gens ont pu acheter des robes, des casseroles, du dentifrice, des brosses à dents et des cartables pour leurs enfants.

Mon premier cartable, je suis allée moi-même le chercher au marché de Hanoi. Je me souviens : ils étaient tous étalés par terre, les uns sur les autres, emballés chacun dans un sac plastique poussiéreux. Ils n'avaient pas la beauté ni la modernité des cartables occidentaux. Je les trouvais tous un peu informes. J'en voulais un qui soit sophistiqué, pour avoir l'air d'une grande personne, élégante. À cette fin, je choisis le cartable qui sortait du lot : un sac bleu avec un nounours blanc au centre. Pour moi, enfant du Vietnam qui n'avait jamais vu la neige, cet ours polaire était un symbole de luxe.

Je repartais fièrement du marché avec mon cartable aux multiples pochettes et cachettes à fermeture Éclair. Ces dernières étaient comme autant de cases à rêves : une case à stylo, une pour les cahiers, une pour la gourde… Cela voulait dire, je vais dessiner, je vais lire, je vais imaginer et partager. Je vais avoir mon indépendance dans ces cases, car mon cartable, c'est mon espace, ma scolarité, ma journée – la mienne, et celle de personne d'autre.

Voilà pour mon premier cartable. Ensuite, il y eut les années françaises. Arrivée en Occident, dans le pays de mon père, je laissais derrière moi le cartable nounours et achetais pour ma rentrée de CM2 une sacoche plus classieuse, grise, avec un intérieur molletonné et des bretelles rembourrées. Seul le contour des pochettes était rose. Le cartable devenait une distinction. On regardait la marque, la couleur, la taille... Au collège, les filles portaient leur sac sur une seule épaule : elles préféraient le style au confort.

En somme, les cartables évoluaient avec les âges, ils en avaient la naïveté d'abord, puis la posture. On voyait au cartable de chacun ce qu'il voulait en tirer : les uns ne mettaient rien dedans, l'oubliaient même parfois, les autres le bourraient de bouquins ou dessinaient dessus des graffitis. Le cartable était un allié.

Mais alors, cette année où, ensuite, au lycée, je n'eus plus de cartable – l'année où je tombais malade et restais à l'hôpital – qu'en est-il advenu ? Peut-être que mon cartable fut troué par la maladie. Du besoin écolier au désir enfantin, à la concurrence adolescente, au plaisir étudiant, mon cartable m'était resté sur l'épaule chaque fois différente, grandissant avec moi, changeant. L'année de l'hôpital, il disparut, comme moi.

Il n'y eut plus de nounours blanc ni de bretelles rembourrées aux bordures roses. Il n'y eut plus de cartable et d'ailleurs, plus de force pour le porter.

Quand j'ai guéri et suis sortie de l'hôpital, le cartable, lui, n'est plus vraiment revenu. Il a été remplacé par de multiples sacs signifiant la fin de l'école pour moi, le début d'une vie de femme et d'artiste, où le cartable allait être des cahiers toujours, des objets, des pinceaux, des tubes de peinture, des caméras, des objectifs, des appareils photos, des romans, des livres, tout en vrac dans un grand sac.

Alors non, peut-être que le cartable n'a jamais disparu : il s'est élargi. Mon cartable, aujourd'hui, c'est partout. C'est comme autrefois, lors de la guerre, au Viêtnam : son cartable, il faut se l'imaginer.

Postface

MON CARTABLE CONNECTÉ : QUAND L'ÉCOLE GUÉRIT

Ce livre dédié à une cause encore peu connue est né grâce à la volonté de trois acteurs : l'association Le Collectif qui a créé Mon cartable connecté, la FCPE, première fédération de parents d'élèves, qui soutient le programme et l'association Les Éditeurs d'Éducation qui œuvre pour que des ressources pédagogiques de qualité soient accessibles à tous.

Populariser un combat pour la cause des enfants privés d'école à travers un livre de nouvelles s'est imposé comme une évidence. Les enfants malades n'attendent pas qu'on les plaigne : ils veulent continuer à vivre la totalité de leur vie, jouer, apprendre, rire, et lire ! Contrairement aux adultes qui appréhendent sans doute la maladie différemment.

Nous sommes heureux d'avoir accompagné l'édition d'un ouvrage qui s'inscrit dans ce que la création littéraire peut produire de meilleur : les souvenirs d'enfance.

On dit parfois que l'on ne fait pas de bonne littérature avec des bons sentiments. C'est oublier un peu vite le talent des auteurs et leur capacité à créer des lignes d'horizon.

Précisément, ce livre à la fois drôle et grave n'avait qu'une ambition : procurer un plaisir de lecture.

Postface

Enfin, comme Monsieur Jourdain faisait de la prose sans le savoir, en lisant ces petits textes, vous aidez une belle cause : l'intégralité des gains de cet ouvrage permettra au programme d'aider davantage de familles.

Ce lien préservé entre école et enfance est le trait d'union qui marque notre refus d'un monde absurde.

Abdel Aïssou,
Raymond Domenech,
Marc Lavoine,
Le Collectif MCC

Rodrigo Arena,
Carla Dugault,
FCPE

Célia Rosentraub,
Delphine Dourlet,
Les Éditeurs d'Éducation

http://www.moncartableconnecte.fr

Achevé d'imprimer en avril 2021, par Pollina, France

N° d'impression : 97959

Dépôt légal : avril 2021